Di lo que quieres decir
2021

Antología de siglemas 575

Di lo que quieres decir 2021

Antología de siglemas 575

Patricia Schaefer Röder, Editora

Colección Carey

Ediciones  Scriba NYC

Di lo que quieres decir 2021 – Antología de siglemas 575
Patricia Schaefer Röder, Editora
© 2021 PSR
Ediciones Scriba NYC
Colección Carey – Poesía

Fotografía y arte de portada: Jorge Muñoz
© Ediciones Scriba NYC, 2021

siglema575.blogspot.com

Impresión: Kindle Direct Publishing

ISBN: 9781732676794

Scriba NYC
Soluciones Lingüísticas Integradas
26 Carr. 833, Suite 816
Guaynabo, Puerto Rico 00971
+1 787 2873728
scribanyc.com

Noviembre 2021

"Nada puede ser
más fuerte que la unidad
entre nosotros.
...
Intrigas sucias
odio y rencores viejos
no nos tocarán.
...
Aires de cambio
dignidad y respeto
sin distinciones".

Patricia Schaefer Röder
"UNIDAD"

CONTENIDO

PRÓLOGO

Ya estamos en la segunda mitad del año 2021 —el segundo año de la pandemia de covid-19— y, juntos, nos encontramos lidiando con esta nueva realidad mundial, adaptándonos de la mejor manera que podemos. Entre protegernos y cuidar a nuestros seres queridos hemos reflexionado sobre aquellas cosas que afectan nuestras vidas y comenzamos a vislumbrar cúales son más importantes que otras. En un momento histórico en que a veces pareciera que el tiempo se ha detenido, nos hemos puesto a pensar acerca del mismo tiempo; esa dimensión intangible, el recurso imprescindible y no renovable en el cual se desarrolla nuestra existencia y que a la vez la mide. Conocemos el pasado y esperamos el futuro, y sin embargo vivimos en el presente, que en sí mismo constituye una paradoja fascinante. Por un lado, el presente es efímero y virtualmente inexistente, pero por otro, es un continuo de instantes futuros que se convierten constantemente en pasado, de manera que todo es en realidad un gran presente infinito.

Así, en medio de este mundo distinto, en enero de 2021, Scriba NYC Soluciones Lingüísticas Integradas convocó al 7mo. Certamen Internacional de Siglema 575 "Di lo que quieres decir" 2021, siguiendo el éxito obtenido en las ediciones anteriores del mismo desde 2015.

El *siglema 575* surge en medio de la tendencia universal actual que nos hace fijarnos en aquello que de verdad importa; se revela como una nueva forma poética minimalista basada en la premisa de que "todo se originó de un punto, y todo puede reducirse a un punto".

Un siglema 575 es un poema que se escribe en base a las letras de las palabras que definen su tema y que forman su título, que queda representado en mayúsculas, como un acrónimo. Cada estrofa posee tres versos, de los cuales la primera palabra del primero debe comenzar con la letra correspondiente a la sigla que le toca. La métrica es 5-7-5,

15

con rima libre. Por su naturaleza acrónima, cada estrofa debe constituir una idea cerrada y terminar en punto, para así poder funcionar independientemente como un poema autónomo que trate el tema en cuestión, y en conjunto, como parte de un poema de varias estrofas que gire alrededor del mismo tema. En un siglema 575 hay tantas estrofas como letras posea el título. Al ser de temática y rima libres y permitir usar la métrica natural o las licencias poéticas, el poeta conserva todo el poder creador y conceptualizador desde el mismo título del poema.

Este año, el certamen contó con poetas de veintiún países de América y Europa que enviaron un total de 441 participaciones sobre aquellos temas importantes en sus realidades actuales. El jurado evaluador estuvo formado por cuatro amantes de las letras de tres países: Cinthya Tarazona Palacios (Perú), ganadora del segundo premio del 5to. Certamen Internacional de Siglema 575 "Di lo que quieres decir" 2019, Comunicadora Social egresada de la Universidad de San Martín de Porres en Lima, editora y post productora periodística, apasionada de la escritura poética; Samar De Ruis (Puerto Rico), Cofundadora del grupo literario Cómplices en la Palabra y autora del poemario místico *El perfume de Su luz*; Anahí Quiñonez Velázquez (México), Licenciada en Filosofía con postgrado en Investigación Educativa, apasionada de la literatura, maestra de lengua española, lectura y escritura creativa para adolescentes; y Valeria Hernández Campos (Puerto Rico), estudiante del último año de Periodismo en la Universidad del Sagrado Corazón, amante de la literatura, especialmente la fantasía y la poesía. Ellas consideraron los siglemas 575 participantes tomando en cuenta sus cualidades líricas, minimalismo, conceptualización del tema en cada estrofa e integración de todas las estrofas en un poema que plasme el tema de inspiración.

El primer premio lo obtuvo TIC, de Alberto Cerritos González (México); segundo premio MI LICENCIA POÉTICA ES LA *HEAVY*, de Mario Artcadia Panet

---

(México/Puerto Rico); tercer premio PUEDO ESCRIBIR LOS VERSOS MÁS TRISTES ESTA NOCHE, de Abraham Ortiz Lugo (España). Las menciones honoríficas recayeron en MÁRTIRES, de Juan Carlos Lespada (Argentina); TRANSFIGURACIÓN, de Claudia Mosquera Uribe (Venezuela); SOMOS, de Marina Bravo Clavero (España); CON LAS NOSTALGIAS, de Edwin Gaona Salinas (Ecuador); DESAMOR, de Óscar Romero Salazar (Colombia); TUS OJOS, de Luisa Betancur Vásquez (Colombia) y SIGLEMA, de Eduardo Bobrén Bisbal (Puerto Rico).

Di lo que quieres decir 2021 recoge los siglemas 575 premiados, así como una selección de los más destacados en el certamen. El tiempo, la distancia, el mar, los sueños, la salud, la nostalgia, el amor y la alegría fueron temas universales descritos por muchos poetas en este certamen internacional. Asimismo, la mujer, el espejo, la muerte, el miedo, la democracia, la paz, la naturaleza, el terruño, las ventanas, el café e incluso las mismas licencias poéticas, entre muchas otras estampas, quedaron plasmados a través de esta forma poética bella, esencial y minimalista.

Scriba NYC Soluciones Lingüísticas Integradas agradece la concurrencia de los participantes en este encuentro y felicita tanto a los poetas premiados, como a todos los concursantes, por haber aceptado el reto poético del siglema 575, atreviéndose a *decir lo que quieren decir*.

Patricia Schaefer Röder
Editora

17

SIGLEMAS 575
PREMIADOS

PRIMER PREMIO

Alberto Cerritos González
México

TIC

Todo comienzo
navega entre los genes
del desenlace.

Igual el arco
que emerge en las sonrisas
se hace guadaña.

Como el sonido
que nace y que se muere
en el silencio.

SEGUNDO PREMIO

Mario Artcadia Panet
México / Puerto Rico

MI LICENCIA POÉTICA ES LA *HEAVY*

Marearte a vos
pudiera en las curvas
la aguja al cien.

Incrusto halando
sinéresis pegando el
palabrerío ahí.

Libre en el blanco
mundo infinito de la
lingüística.

Ismo al letrado
otra vanguardia.
Gana lo oscuro.

Como sea va
empatao con "teipe".
"Teipe" del negro.

Encajao a cojón
presión, échale una
paila y a encolar.

Ni se le ocurra
censurarme, pues soy
el León Negro.

Censurarme a mí
que como nadie escribo
usando el magma.

Insulto hábil: a
lo Fidel Castro ahogando a
lengüetazos.

Abusando a lo
loco del poderío
como el Abdullah.

Poético eco y
de útil ventajería
como quiera.

Ocaso humano
en lo oscuro así esconde
aquello que era.

El criollismo
también se vale, ¿no?
¡Es expresión!

Tenemos que traer
los poetas negristas.
También sí son...

Imposible el no
sumarlo al compositor;
poeta urbano.

Cigüeña trae
del coco cagüeño
diéresis hoy.

Aprobando este
cantinfleo muy latente
de mi interior.

Esta es mi sangre
Latinoamérica
a orgullo sí soy.

Sinalefa unió
el hiato separó
así se incluyó.

Lírica anormal
irreverente y estrujá.
Nada se escapa.

Arp fue el primer
minimal, fue todo un truhán
pseudo-artista.

Hoja escamosa,
todita oscura a tinta
un desagüe.

Espeto hasta eso
en la autopista, pues
no hay luces rojas.

A Yegüita
voy por la avenida a lo
camionero.

Vuestras placas
de conveniencia;
chófer de una o tres.

Y la propia
la saqué ayer y es nueve
es la más *heavy*.

TERCER PREMIO

Abraham Ortiz Lugo
España

PUEDO ESCRIBIR LOS VERSOS MÁS TRISTES ESTA NOCHE

Partiendo de ti
o del silencio sordo
árbol que crujes.

Unto mi suerte
en la silvestre fragua
de tu peaje.

Entiendo tu voz
ciudad que falsamente
creces, vil actriz.

Dependes de los
huesos heridos en la
matanza sin fin.

Ofensiva luz
que muerdes mis ojos... ¡*Yang*!
con tus relatos.

En toda la cruz
la madera fulgura y
nos duele volver.

Sometidos al
verbo feroz hecho de
hojas muy blancas.

Como antiguos
dioses devorados por
la dócil jauría.

Rabiosos hombres
todos queridos para
el sacrificio.

Indolente paz
esta muerte que pago
misa que odio.

Burlas tejidas
en el aire crucial
como renuncia.

Indolente paz
repetidos los labios
en estos versos.

Rompo a llorar
cuando arribas por fin
y eres la nada.

Lobo querido
esta sangre por candor
te sabrá querer.

Oso vivir en
la experiencia del que
permuta su piel.

Soy el príncipe
viejo ante su muerte
más celebrada.

Vengo de un tiempo
administrado por él
y sus lacayos.

Esta, la voz que
emigra al viento... *Ying*
me mata por dos.

Rompe la vieja
guardia pretoriana y vil
de los caminos.

Sorbos de mugre
aliento de sabuesos
que me persiguen.

Ojos que llevan
mi cuerpo preso hacia
el mar urbano.

Sorbos de mugre
vuelvo al tiempo
de los que huyen.

Muero este día
y asciendo a lomos de
sabios corceles.

Asciende la crin
conmigo que he muerto
tan malamente.

Sinfonía dura
lento desfile hacia
la vil hoguera.

Trágica hora
revisaré mis versos
ingrata labor.

Rumio una vida
que no me pertenece
rumio una vida.

Intento una vez
intento un cuerpo nuevo
intento pensar.

Salir de la luz
cruzar los farallones
con mi coraza.

Tengo marchita
la costumbre de amar
ya nada duele.

En cambio, Paz mía
de próxima herida
saldrá mi enjambre.

Saldrá mi estela
como una daga mejor
desde mi pecho.

Espero verte
allí junto al rocío
cada aurora.

Sobria venganza
talismán de mi fuego
espero verte.

Tejer contigo
el fango agrietado
la añoranza.

Atar contigo
este sabor antiguo
en la lucerna.

Nunca seremos
otra vez campanada
pero sí rubí.

O piedra dura
que junta su voz al río
para la zafra.

Cauce de niño
llévate esto vulgar
la melancolía.

Hastiados del pan
volveremos a vencer
a la nodriza.

Entraremos en
su azul y al rojo amor
con un siglema.

MENCIONES
HONORÍFICAS

MENCIÓN DE HONOR

Juan Carlos Lespada
Argentina

<u>MÁRTIRES</u>

Mujer sin hogar
rama que mece el viento
grito callado.

Ásperas noches
arañan el silencio
del niño y su hambre.

Ruidos de guerra
vuelo sobre las nubes
ruinas y escombros.

Truenos y espanto
solo se escuchan llantos
en los rincones.

Invierno y barro
miles de vidas gimen
campos helados.

Rugen las armas
agrio retumba el grito
de las ancianas.

Entre las voces
escondida en la espera
gime la aurora.

Silencio y rezo
sobre la calma tensa
reza la pena.

MENCIÓN DE HONOR

Claudia Mosquera Uribe
Venezuela

TRANSFIGURACIÓN

Transformaste tus
vestiduras grises en
radiantes alas.

Renaces como
arbusto madrugador
en primavera.

Amaneces Luz
cultivo de espigas
fiebre de soles.

Nubes lejanas
devuelven transparencia
e inmensidad.

Solsticio azul
brillantes confusiones
reflejan sombras.

Flota la jaula
inhabitada sobre
el Cenit ebrio.

Insoslayable
danza espiral nácar
arroja luces.

Giran las nubes
arrojando sabanas
rayando surcos.

Una cortina
de efímero matiz
teje el cielo.

Reverberas en
el firmamento con tu
mosaico de luz.

Apaciguas las
montañas de cobrizo
plumaje solaz.

Cierras los ojos
al dolor incubado
en las entrañas.

Imperceptible
delirio del tiempo es
tu reino frágil.

Omnipresente
vendaje de cenizas
límpida sangre.

Nadie conoce
tus heridas silentes
ni tus paisajes.

Marina Bravo Clavero
España

SOMOS

Siento mi piel
y sospecho del *mí*
¿quién es el *yo*?

Oigo latidos
en un silencio oscuro
de caracolas.

Miro el reflejo
en el cuerpo, me busco
y no me encuentro.

Oigo un pensar
más allá de esta carne
una voz, ¿mía?

Sueño y recuerdo;
si pertenezco al cambio
¿aún soy *yo*?

MENCIÓN DE HONOR

Edwin Gaona Salinas
Ecuador

CON LAS NOSTALGIAS

Como destellos
resumen en los ojos
las pardas aguas.

Olvido todo
con la fístula ardiendo
en mis arterias.

Ninguna luz
enciende el optimismo
y me derrumbo.

La golondrina
abandona el crepúsculo
entre cigarras.

A los silencios
les aturden temblores
y van los féretros.

Sin dolor muerde
el filo de la lágrima
de cada niño.

Noche del huérfano
con abrigo de insomnio
y valeriana.

Otorga el verso.
coros para la aurora
abandonada.

Solloza el prado...
Corren brumas mortuorias
en pena amarga.

Tantas heridas
viajando en los delirios
y el clarín suena.

Al cementerio
los llevan desvestidos
sin despedida.

Lentas miradas
suspiran con las máquinas
y se estacionan.

Gritan las almas
en el centro, a lo lejos
sin los espíritus.

Indaga el sol
por cada recoveco
para llorar.

Aflige un verbo...
Pequeño corazón
que solo queda.

Solo suspiros
turban por las nostalgias
de cada amigo.

MENCIÓN DE HONOR

Óscar Romero Salazar
Colombia

DESAMOR

Dame la espina
la savia de amargura
y su veneno.

Entra en los versos
que vienen en la noche
en mis fantasmas.

Sacia la gula
de beber de mi sangre
atormentada.

Aparentando
el beso de la luna
desventurada.

Marca mis horas
cual flechas de cupido
entre tus pechos.

O simplemente
seduce con tu espectro
erotizado.

Reproduciendo
el dolor de tu espina
entre mis rosas.

—

MENCIÓN DE HONOR

Luisa Betancur Vásquez
Colombia

TUS OJOS

Tiernos y grandes
como los rayos del sol
son tus ojos miel...

Unos cristales
bañados de suspiros
lienzos perfectos.

Son tus ojos miel
atardeceres luna
campos sedientos.

Obra maestra
recién tallada por Dios
sublime, pura.

Jinete rosa
de inquieto corazón
y sentimientos.

Oasis, playa
constelación de Orión
tus bellos ojos.

Simbología
cantares y promesas
son tus ojos miel...

MENCIÓN DE HONOR

Eduardo Bobrén Bisbal
Puerto Rico

SIGLEMA

Somos palabras
susurros al oído
sueños en letras.

Índice somos
incomparables nichos
ideas de vida.

Grafito ardiente
generando conflictos
germen de almas.

Las esperanzas
laten en alegrías
luces vibrantes.

En dulce tinta
envío de metáforas
escritas somos.

Mares sin olas
manantiales pequeños
muros solemnes.

Atraes fervor
alimento a emociones
amor consigues.

SIGLEMAS 575
DESTACADOS

José Caamaño Peñailillo
Chile

UN SIGLEMA SIN NOMBRE

Un día, lluvia
frente a la ventana
meditabundo.

Nubes oscuras
destilan incansables
sobre la tierra.

Súbitamente
llega hasta mis manos
un papel blanco.

Intento tomar
esa alba esquela
que llega sutil.

Gran sorpresa es
mis dedos tropiezan
con una pluma.

La vida plantea
de misterioso modo
que pide de ti.

¿Escribir? Pensé
sí soy analfabeto
en este tema.

Miro confuso...
La luna aparece
¡escribe de mí!

Allá las penas
mostrando sus pesares
la flor su color.

Solo sé mirar
deberías hablar de mí
dice el amor.

Intento pensar
afuera el paisaje
quiere figurar.

No fluyen ideas
me pregunta la noche
que escribiré.

¡No sé! Le grito
sin poder contenerme
de verdad no sé.

Otro intento
los temas me evaden
nada escribo.

Mundos y mares
lugares y personas
son un buen tema.

Bodas reales
historias, epopeyas
soles y lagos.

Reyes, princesas
increíbles relatos
imposibles hoy.

Estoy en deuda
las musas acudirán
tal vez mañana.

Inocencio Hernández Pérez

España

ESTÁS

Equilibrista
en el vórtice polar
del amanecer.

Saltabas a mí
como un relámpago
enamorado.

Tenías tanta fe
en el dedo de tu Dios
al señalarme.

Ámame, amor
en la estrella fugaz
del primer día.

Sé constelación
aguardiente en la sed
de otro beso.

Berenice González Godínez

México

VÉRTIGO

Vértice donde
confluyen las lagunas
de mis latidos.

Entre temblores
de sensaciones frías
que danzan lento.

Renazco en el
eco estremecedor
de la elevada.

Trazo deseos
sobre un acantilado
que desconozco.

Incendios blancos
nublan el cielo y roban
mi luz de imágenes.

Galerna mística
impacta en mis tobillos
que se han cansado.

Océano ancho
de preguntas invaden
todo el vacío.

Juan Fran Núñez Parreño
España

SOMOS UNA CRUZ AMOROSA

Somos unidos
una cruz amorosa
de abiertos brazos.

Ofrendas fieles
nuestros brazos y abrazos
entrelazados.

Morir amando
y renacer amando
es pasión nuestra.

Obviamos todo
lo que no sea amarnos
porque no existe.

Seres fundidos
en cruz apasionada
seremos siempre.

Unión eterna
bendecida en el cielo
que es irrompible.

Nuestras dos vidas
son una sola vida
entrecruzada.

Amor sincero
nuestra cruz pura irradia
al universo.

Caricias, besos
no hacen falta palabras
para expresarnos.

Roces, miradas
son más que suficientes
para entendernos.

Unos suspiros
en nuestra cruz nos dicen
más que mil frases.

Zafiros y oros
resplandecemos mientras
nos adoramos.

Ambos sabemos
que estamos destinados
el uno al otro.

Momentos y años
segundos y milenios
son infinitos.

Obsequiaremos
nuestras almas y cuerpos
con más amores.

Repetiremos
en nuestros corazones
latidos ecos.

Obedecemos
a nuestros sentimientos
que son milagros.

Sentimos solo
lo que necesitamos:
solo a nosotros.

Así existimos
esta cruz amorosa
somos nosotros.

Guadalupe Hernández Benavides
México

DESPEDIDA

Después de todo
retroceden mis pasos
hacia el origen.

Escucho el canto
de la vieja lechuza
la luz se apaga.

Se extingue el tiempo
el campo se ha regado
de lluvia fresca.

Puedo sentir
el olor de la mirra
iré a casa.

El viento helado
deshoja las palabras
llegó el invierno.

Del otro lado
mi padre está esperando
vuelvo a la infancia.

Inicia el viaje
bengalas en el cielo
lo veo todo.

Despertaré
volando entre cocuyos
el tiempo apremia.

Abro mis ojos
bailan las luciérnagas
que ayer soñaba.

Berenice González Godínez
México

ROJO

Rosas de sueños
coloreadas con
tinta rubí.

Ocasos vivos
donde la sangre impregna
sombras inertes.

Jueves de abrazos
con aroma a cerezas
a corazón.

Olas pausadas
en la canción cromática
de primavera.

Néstor Quadri

Argentina

UNA NOCHE DE LUNA

Unas farolas
se apagan en la noche
y encubren besos.

Nace la luna
y ahuyenta del sendero
unas penumbras.

Al asomarse
en el parque la luna
a amar incita.

Noche y amores
se encuentran con la luna
en cita eterna.

Oscuras ansias
van dejando en la noche
unos amantes.

Cantan los grillos
y su eco con las flores
al aire aroman.

Hay un poeta
que mira obnubilado
la bella luna.

Entre las sombras
el chasquido de un beso
rompe el silencio.

Desde el follaje
la luna enamorada
con luz espía.

En ese parque
bailan entre las sombras
amor con luna.

La luna llena
al poeta lo inspira
en las penumbras.

Unas estrellas
saludan al poeta
entre las nubes.

Nublado el cielo
ya sin luna y estrellas
todo termina.

Alba aparece
y de la noche quedan
solo recuerdos.

Edwin Colón Pagán

Puerto Rico

GARÚA

Gotas punzantes
abren mis cicatrices
en la neblina.

Acalambrada
mojan tus besos frígidos
mi piel desnuda.

Resisto el frío
descongelando lágrimas
esperándote.

Útero aguoso
deshiela de placer
gajos marchitos.

Añoro tu aura
tu bruma y el olor
de tu llovizna.

Gael Solano
Puerto Rico / España

AMANDO

Arranqué flores
maldiciendo tu nombre
sin tenerte ya.

Morí mil veces
en solo un instante
preso del azar.

Asustado, vi
el abismo ante mí
donde te escondías.

Ningún demonio
de los que escapabas
te encontraría.

Deshojé tu *yo*
creyéndote a salvo
incluso de mí.

Olvidé todo
hasta esa cosa que
soñó existir.

Sandra Santana
Puerto Rico

SORTILEGIO

Sospecha tenaz
algo se transfigura
en mis sentires.

Ondas sinuosas
graves presentimientos
nublan mi mente.

Raros presagios
me llevan a pensarte
desconcertada.

Torpes miradas
vaticinios inciertos
me atemorizan.

Ímpetu loco
deseos de lanzarme
a tu misterio.

La reciedumbre
que irradia tu figura
es gran enigma.

Encantamiento
que me tiene hechizada
ya sin remedio.

Graves embrujos
pronóstico de males
que me torturan.

Irreverentes
enigmas que seducen
a contratiempo.

Orden trocado
augurio de barrunto
y tempestades.

SIGLEMAS 575
SELECCIONADOS

Gabriela Ladrón de Guevara
México

POETA

Puente de vida
unes calor energía
abrigas sueños.

Olas complejas
manejas vital pluma
vida luz lengua.

En versos libres
elementos convergen
alientas alma.

Trabajo veloz
furtivas rimas corren
vida florece.

Amor constante
musa vuela abrigada
vives solemne.

Fernando Barba Hermosillo
México

FUTURO

Final abierto
la trama complicada
no soy héroe.

Utopía fue
buscar al elegido
espejo roto.

Tiempo pasado
nunca ha sido mejor
huye presente.

Una chispa hay
rebelión anticipo
parte de ello.

Río revuelto
y pierde el pescador
mar por explorar.

Otra vez sueña
el porvenir se muestra
cuando nada es.

Irene Bosch
Estados Unidos

VENTANAS

Vientos a trasluz
los edificios altos
de ciudad cierran.

Entran y cortan
los polvos de aceras
abrientes puertas.

Nada circula
nada suena ni rueda
no dejan rastro.

Tocar recuerdos
como ferviente loca
orquesta sola.

Anda, camina
encuéntrala otra vez:
regrésamela.

Nada viene, vas
habitantes asoman
clausuran rostros.

Antes, ahora
caras reflejándome
cicatriz en piel.

Sé que no fue más
que dejarnos a tiempo
tristes, enfermos.

Paola Heredia Ferrer
Puerto Rico

LUNES

Látigo de sol
a cuerpos en descanso
llega el lunes.

Urge el café
renuncia a sábanas
duro despertar.

Nuevo inicio
halar la herropea
faltan ánimos.

Errado pensar
actitud a selección
aguarda por ti.

Señal de vida
periódico obsequio
oportunidad.

Fabián Irusta
Argentina

SONETO

Simplemente tú
entre el alba mía
y los narcisos.

Oh, cuánta pasión
cada vez que la luna
se va y vuelve.

Nada es mejor
que la breve ecuación
de las caricias.

En tanto tu voz
y mi voz temblorosa
implantan tiempo.

También el alma
desenvuelve sus alas
en plena noche.

O sobre la flor
que contempla el cosmos
de los latidos.

Juan Carlos Carvajal Sandoval
Colombia

<u>DIOS</u>

De donde vienes
brilla tu nombre cuando
todo era nada.

Infinita es
la palabra que llama
todos los fuegos.

Orden y caos
principio en todo fin
libro de arena.

Soy voz que anhela
ser tu mismo viento, eco
y amanecer.

Marcelo Galliano
Argentina

MELANCOLÍA

Murmura el viento
su cansado esperanto
que el alma teme.

Es un derroche
de inclaudicable pena
su letanía.

La cruel cortina
burlona bailotea
¿tal vez... la muerte?

Aroma triste
de fogata en la tarde
bello y terrible.

Nana dulzona
que adormece y despierta
¡qué paradoja!

Correr quisiera
pero con su cadencia
me ata y me arrulla.

¡Óyeme, niña
vete de esta colmena
dulce homicida!

Lo bello a veces
es sólo sangre urgente
que pinta el aire.

¿Imaginaste
alguna vez que el tiempo
no fuera nada?

Ahora y pasado
son una misma cosa:
melancolía.

Sara Talledo Hernández

Reino Unido

SOLA

Sin compañía
en el bosque contigo
hallas tu alma.

Osas descubrir
y mirar dentro tuyo
el vil vacío.

La nada la ves
libre de amargos miedos
porque la sientes.

A veces duele
caminar entre espinas
pero más sin ti.

Luccia Reverón
Puerto Rico

RAYO

Rizo dorado
que cortas, lates, tiemblas
el aire quemas.

Agua reclamas
en tu corriente viva
te fortaleces.

Yagrumo de luz
que muchos miran, temen
peligro cerca.

Onda visible
que corazón agitas
electrocutas.

Anyer Urriola Parra

Venezuela

MIEDO

Me ha tocado
desvelarme y llorar
contigo lejos.

Intenté volver
regresar a tus brazos
mi felicidad.

Esperé hasta
el final y gané mi
oportunidad.

Dame cariño
bonito sino deja
ya mi libertad.

Oye atenta
no me dejes roto, de
nuevo soy feliz.

Ángela Mateo Ávalos
España

BAILA

Busca su mano
júntate a su cuerpo
cierra tus ojos.

Abre tu alma
y calla a la pena
haz que se vaya.

Irradia feliz
sin parar hasta el fin
muévete en *mix*.

Llegando con son
y salsa o *rock and roll*
siente la clave.

Acalorados
junto a esos ritmos
así volamos.

Henri García Durán
Venezuela

POETISA LA VIDA

Paloma libre
soy tu cuerpo, tus alas
tuyo por siempre.

¡Oh, vida! Ángel
de luz y oscuridad
eres mi guardián.

Estás conmigo
águila voladora
diosa de amor.

Tus besos, mujer
la mente elevan y
vuelan mis ojos.

Ideas, sueños...
Ecos del corazón te
perturban, *vita*.

Surcar los cielos
cortejar el verbo y
aletear juntos.

Ave de sueños
despierto en tu pecho
y volar quiero.

Luz divina y
resplandeciente, nunca
te me apagues.

Árbol de hojas
secas sin un respiro
déjame morar.

Vientos oscuros
no impidan el vuelo
del amor pleno.

Imagen de ti
son mis sentimientos y
versos sublimes.

Digno soy de ti
contigo me vi crecer
hazme florecer.

Amarte ¡vida!
Te ofrendo el fruto
mi poesía.

Carmen Donoso Riffo
Chile

VIVIENDO

Veloz y fugaz
imperceptible andar
valiente crecer.

Iluminando
la lucha de unos cuantos
que no cesarán.

Victoria será
a través de la canción
así marcharán.

Intensamente
crueldad del poder feroz
corrupción, horror.

Espero tu luz
de la patria que crece
rendirse jamás.

Nada detiene
el fervor de contender
por la libertad.

Deber, combatir
avanzar y observar
sin retroceder.

Oh, sentimiento
de osadía, amor
apaga dolor.

Nohemí Cotto Morales
Puerto Rico

ÁMATE

Ámate cual tú
eres, pues tu valor es
incalculable.

Maravilloso
siendo tú mismo y con
amor para ti.

Ámate siempre
acompañado o aun
en la soledad.

Tienes derecho
a disfrutar la vida
libre y feliz.

Empodérate
amarte a ti mismo
te dignifica.

Salvador González Chacón
Brasil

EXILIO

Están lejos mis
pasos que se fueron
huyendo lejos.

Xilófagos y
corruptos políticos
se instalaron.

Izaron como
bandera la muerte
en mi tierra.

Logrando solo
desgraciar millones
de inocentes.

Inoculando
animadversión a
sus corazones.

Ojalá todos
acojan con amor al
refugiado.

Carmen Benavides Morales

THERESE

Tú no conoces
eso que has querido
¿qué ficción vives?

Horrorizada
observas tus crímenes
tu pobre vida.

Encadenada
a tu infancia vives
es tu salida.

Recoges frutos
aquellos que sembraste
¿hay otra opción?

En tus segundos
solo cuenta "parecer"
fingir ternura.

Solitaria y
cubierta por los pinos
"mides" tus pasos.

Es necesario
comenzar nuevamente
marchar al azar.

Francisco Pagán Oliveras
Puerto Rico

FIN

Fuimos los dioses
los besos, las estrellas.
También el adiós.

Izamos el sol
pero la noche es larga
también el adiós.

Nunca más fuimos
quizás somos que fuimos.
Igual el adiós.

Celia Karina San Felipe
Estados Unidos

<u>ACOSO</u>

Acoso el de
Xuxa, Madonna y el
tuyo, que suman.

Con acoso hoy
sobrevivimos. ¡Lucha
esta batalla!

Ocaso es el
acoso. ¡Y tú vienes
adelantando!

¿Sois acoso? Haz
culto a la denuncia:
¡denunciémoslo!

¡Otro acoso
no! Acosada, no te
puedes más callar!

María Inés López
Argentina

RISA

Raíces del sol
caricias de un viento
saludos en flor.

Iluminando
liberas la música
agitas el mar.

Sencilla, tenaz
vences siempre al llanto
con sones de paz.

Arrullándome
pones en mi mirada
un rayo de amor.

Ricardo Mejías Hernández
Venezuela

ÁRBOL

Ángel terrestre
diriges la música
del viento suave.

Reúnes aves
como un país del sol
hombre cándido.

Bajo tu sombra
nace la esperanza
abrigo de paz.

Ostentas la flor
y los frutos del alma
soldado de fe.

Lar de raíces
pozo de vida fértil
nave vegetal.

Miguel Beltrán Álvarez
Puerto Rico

NORA CRUZ ROQUE

Nadie podrá
quitarle su embrujo
guayamesa es.

Orando pasa
su vida de alegría
y dicha plena.

Rinde amor
al Espíritu Santo
siempre devota.

Ama la vida
y su amplia sonrisa
contagia a todos.

Con alborozo
al ruido de tambores
la negra baila.

Reina danzante
caderas frenéticas
plegaria al cielo.

Unida al ritmo
siguen las bailarinas
con su vaivén.

Zumba el caracol
panderos rebosantes
sudor chorreante.

Recorriendo va
por América entera
con sus areitos.

Osha divina
por Olofi prendada
mayombe sacra.

Quién, si no tú
rompiendo sortilegios
poeta elegante.

Uniste el arte
de danzar y cantar
Bomba y Tambó.

Elegida es:
llevando la cultura
como bálsamo.

Evelyn Ortiz Avilés
Puerto Rico

SUEÑOS

Solamente yo
entre recuerdos vanos
veo muy claro.

Una noche más
ilusiones que llegan
desesperadas.

Entretenidas
inmersas en mi mente
todavía siguen.

Ñoco de amor
atravesando tu ser
libres estamos.

Observándonos
a menudo sentimos
pasar el tiempo.

Sigo buscando
una salida para
no despertarme.

Elizabeth Marcano López
Italia

NIÑA

No sabes nada
hay mucho por aprender
el tiempo pasa.

Imaginas, vas
queriendo ser adulta
es lo que quieres.

Ñoñerías, sí
cuando creces solo
quieres retornar.

Ama tu edad
esa donde eres más
feliz sin saber.

Luis Medrano Zambrano

Chile / Venezuela

SUEÑOS

Solo son sueños
ideas del corazón
pensamientos.

Un mensajero
como presagio mudo
futuro nuevo.

Estrella fugaz
de brillante porvenir
deseo real.

Ñoñerías solo
infantiles deseos
simples recuerdos.

Ofertando que
será logro seguro
riesgo nulo.

Solo lo logra
aquel que sabe soñar.
Pues, suéñalo ya.

Alejandra López Rivas
Colombia

RED

Rezagaba en
un pescador efímero
un vagabundo.

En fatal red
desconocida sin
encontrar límite.

Destinado a
hilada inmensidad
en el océano.

Ilsa López Vallés
Puerto Rico

CAFÉ

¡Cómo despierto
con aroma sublime
poción de poder!

Ágil elixir
pintado de castaño
borras pereza.

Fuente familiar
facilitas faenas
del diario vivir.

Energizante
me regalas las horas
de mi jornada.

Miguel Ángel Real
Francia

VIAJE

Vacía el alma
que no quiere horizontes:
viajar es ser.

Inmóvil mueres:
ignorantes raíces
agarrotadas.

Ayer fue nuevo
hoy con aire de cosmos.
Hay armonía.

Juego de luces
deliberada meta
de cada paso.

Estar es todo:
con los ojos humildes
arde el presente.

Verónica Amador Colón
Puerto Rico

GUERRA

Guarnición fija
desgarra, da la muerte
a la población.

Usurera vil
de la paz en el mundo.
¡Aniquilación!

Estruendo mortal
dejando todo lugar
irreparable.

Rugir del misil
la tierra se desangra
sin tener piedad.

Rostros con dolor
y con ojos llorosos
sin consolación.

Añoran amor.
Todos al unísono
¡vivamos en paz!

Sebastián Villa Medina
Colombia

LUZ

Luna redonda
que brillas en el cielo
de noche clara.

Un espejismo
imposible de tocar
con estas manos.

Zumbido bello
de notable silencio
y tranquila voz.

María Casas Figueroa
Colombia

ROSTROS

Rostros símbolos
caciques pobladores
tierras sagradas.

Otrora tiempos
múltiples resistencias
luchan libertad.

Son pobladores
que dibujan montañas
tierras sagradas.

Tiempos oscuros
infamias y mentiras
guerras y muertes.

Raída badana
mundo desdibujado
huellas fenecen.

Oprobios duelos
sangre con resistencias
defensa mueren.

Silencios daños
vidas apuñaladas
degradadas hoy.

Fernando Raluy
Argentina

VAPOR

Vimos la lluvia
y de los charcos partir
su alma libre.

Animales con
pelaje transparente
entre la niebla.

Por la ventana
ángeles de humedad
lloran al caer.

O son restos de
lágrima etérea
evaporada.

Restos del aire
condensados a morir
en la memoria.

Yarimar Marrero Rodríguez
Puerto Rico

GENERACIONES

Grito de vida
nace una estela
de gestaciones.

Enredaderas
manos de abuelos que
lo curan todo.

Núcleo cambiante
ya no eres el mismo
los años pesan.

Estás presente
en todos los gestos que
me heredaste.

Reminiscencias
la sangre invisible
de mis ancestros.

Amor de padres
trabajo e ilusión
para sembrarme.

Cuna de risas
en esa casa vieja
junto a la calle.

Imprescindible
verme en tus actos y
en tus facciones.

Omnipresente
matriarca que dio a luz
del mismo tronco.

Nietos que buscan
hallar su identidad
en fotos de antes.

Esperanzador
el llanto sublime de
un nuevo miembro.

Somos familia
un ayer y un después
inquebrantable.

Antonio Ramírez Córdova
Puerto Rico

SOL

Siempre aparece
empujando auroras
día tras día.

Omnipotente
en su perfecta ruta
hacia el ocaso.

Lo veo a veces
rasurando las nubes
áureo barbero.

Aura Tampoa Lizardo
México / Venezuela

CAÍ

Cada mañana
pesadillas regresan
temo su rapto.

Abro los ojos
temblando en tu noche
pierdo mi alma.

Inhalo tu sal
tiendo la cama triste
vuelvo, no estás.

Fabián Canale
Argentina

PAN

Pongo la mesa:
el rito cotidiano
que se acerca.

Arrimo un pan
para vestir de gala
este hambre gris.

Nada me turba
soy la raíz del pueblo
que no renuncia.

Antonio Daniel Farina

UVA

Última fruta
que Dionisio saboreó
con mucho gusto.

Viñas la alaban
con ninfas exclamando
¡eres Libertad!

Aplastada es
la que dulzura guarda
con su embriagadez.

Marisol Osorio

POESÍA

Pintas con letras
coloreas recuerdos
borras las penas.

O quizás bordas
palabras de momentos
en el olvido.

Esculpes almas
con cinceles de plumas
modelas versos.

Siembras semillas
de fe y esperanza
riegas consuelo.

Inspiras vidas
con tus rimas y versos
cantas al amor.

Ángel de sueños
lírica trasnochada
eso es poesía.

Frances Ruiz Deliz
Puerto Rico

DEMOCRACIA

De hace tiempo
espero el momento
por la justicia.

En filas largas
hablando con extraños
esperanzados.

Marco un papel
con toda mi intención
puesta en tinta.

Orgullosa ya
tranquila mi consciencia
con cada voto.

Cargo mi bulto
con esperanza y Fe
para mi pueblo.

Riego la voz
para que otros salgan
se manifiesten.

A comunicar
sin violencia alguna
sus inquietudes.

Cuatro años más
es un largo periodo
no lo malgasten.

Insistan siempre.
Lleguen hasta las urnas
en todo lugar.

Ayotzinapa.
En la Plaza de Mayo
también en San Juan.

María Victoria Arce
Colombia

LIBÉLULA

Lucen colores
mágicos y brillantes
vuelo magistral.

Iridiscencia
en alas de cristal
lindo arcoíris.

Bellas efímeras
engalanan paisajes
seres fantásticos.

Épico viaje
emprenden cada día
estas guerreras.

Leyendas mil
en cuentos y poemas
de su existir.

Ulula el viento
melifluas melodías
entre los juncos.

Las mensajeras
de sueños y deseos
sabiduría.

Alucinantes
gráciles bailarinas
musas aladas.

Dora Luz Muñoz de Cobo
Colombia

LLUVIA

Llanto de gotas
en mezcla de armonía
fluye energía.

Lúgubre manto
esconde los tesoros
éxodo de aves.

Ufana cubre
neblina desdibuja
velos de luz.

Visible calma
del lánguido interior
es pesadumbre.

Iridiscente
se escucha un violonchelo
el sol se esconde.

Aída retumba
con su júbilo innato
trinos retornan.

Ely G. Cruz Rivera
Puerto Rico

DÉCIMA

Diez versos tienes
adornados con rima
¡octosílabos!

Eres poesía
de tierna melodía
de sutil ritmo.

Cantas al río
a la flor, a la mujer
al atardecer.

Inspiras versos
a la patria preciosa
esplendorosa.

¿Melodía? ¡Sí!
Güiro, cuatro, guitarra
maraca, bongó...

Alma española
corazón borincano
regalo de Dios.

Adriana Villavicencio
México

TELARAÑA

Trampa de mente
maraña de nervios que
interactúan.

En el espacio
que recrea visiones
yo me sumerjo.

La red que creo
esencia de mi nombre
palpitaciones.

Armo mi vida
con cada hilada del
tiempo en mi voz.

Rasco espacios
y transformo en arte
secretos puros.

Abraza tu *yo*
y envuélvete de la
naturaleza.

Ñires que cubren
mis ojos llenos de luz
fugaz pantalla.

Acomodo el
universo interno
pienso y vivo.

María Magdalena Ugaz

Puerto Rico

SORBO

Suspiro cauto
bajo los humedales
acuartelados.

Ondulado aire
escarchado por labios
irreversibles.

Risueño viento
alargando su paso
sobre desiertos.

Bifurcación
de saladas entrañas
por recorrerse.

¡Oh! Sed dormida
aquieta la sequía
entre los besos.

Alcides Ramón Meléndez

Estados Unidos / Venezuela

FIESTA

Felices danzan
y al son de sus trinos
marcan el compás.

Inspiran amor
candidez y ternura
aves al cantar.

Estrofas de paz
elevan al cielo
prez angelical.

Sus alas de tul
alborozadas baten
al amanecer.

Tañen alegres
y al alba campanas
bienvenida dan.

Alzan al azul
del firmamento vasto
sus himnos de paz.

María del Rosal Villalpando
México

ANSIEDAD

Agible miedo
sensaciones intensas
inseguridad.

Nebulosos días
frenético desafío
enfrentamiento.

Sin tocar, salir
aislamiento seguro
ligera quietud.

Indiferencia
quebranto al ánimo
tregua al pensar.

Efecto vivo
pulsaciones internas
gritan: ¡poderío!

Dócil prudencia
sentidos, sentimientos
ser tenaz; afán.

Ambicionar paz
rotundo plan de vida
deber personal.

Dominio, temple
desencadenamiento
clara libertad.

Victoria Morrison
Chile

MAR

Mirando el mar
cascada de arena
sal en mis labios.

Amor de agua
recuerdo a mi padre
ánfora triste.

Roca nocturna
blanca dama pálida
luna sonriente.

Cynthia Vega Vázquez
Puerto Rico

FLORES

Fabulosas van
hoy al son de los aires
bailando están.

¡Libres de verdad!
Al soplido del viento
su aroma va.

¡Orquesta viva
de mi isla tropical!
Suenan sin parar.

¡Rico mi campo!
Abejas, mariposas
paseando van.

Enriqueciendo
la belleza natural
de su majestad.

Sabroso olor
el Universo nos da...
De flor natural.

Alejandra López Rivas
Colombia

ALMA

Ayer vi muchas
almas en juventud
riendo gentiles.

Los días pasan
y hoy vi un alma madura
pensar, crecer.

Mañana iré
de la mano con un
alma, con calma.

Anoche vi
un alma vieja en su
fugaz tristeza.

Carlos Ramírez Azurdia
Guatemala

LIBERTAD

Lumen de vida
al hombre de caverna
quitas la venda.

Indispensable
llenas de esperanza
al oprimido.

Brindas apoyo
y nos das aquella luz
que marca un fin.

Eres de todos
o eso nos ilustran
algunos libros.

Representas con
firmeza, un ideal
justo y simple.

Tú dejas huella
nuestra faz relatada
en la historia.

Angustia eres
o así te perciben
algunos hombres.

Donde nos guíes
me sentiré a salvo
dulce anhelo.

Porfirio Flores Vázquez
México

LIBROS

Literatura
encanto de páginas;
ficción, realidad.

Inmenso saber
contienen tus folios en
nube o papel.

Beneplácito
de hombres y mujeres;
leer, escribir.

Renacimiento
y luz veo en cada
palabra tuya.

Omnipresencia
de genios, poetas y
locos reúnes.

Sabiduría;
literal, literario
es labor social.

Adrián Aliberti Fattori
Argentina

PANDEMIA

Planes ausentes
chocando un abismo
ahora mismo.

Almas presentes
buscando un futuro
que se ve duro.

Nunca se mira
hacia el propio ojo
valores flojos.

Dolor eterno
por muertes impensadas
risas cerradas.

Escritor triste
rezando una rima
que no anima.

Mundos perdidos
de discursos sin rumbo;
yo casi tumbo.

Incertidumbre
palabra que influye
pero no fluye.

Amplio destino
ruin principio, buen final
año especial.

Vilma Martínez de Pintor
Puerto Rico

AMA

Ansias de querer
sentir tus emociones
cerca, muy cerca.

Mi optimismo
mira el tiempo pasar
sin rumbo fijo.

¡Ah! El amor es
un bello sentimiento
un regocijo.

Bella Martínez
Puerto Rico

INSURRECTA

Inmunes somos
a la impotencia de andar
entre tiranos.

Nos apresamos
pendientes de adquirir
sin importar qué.

Sombras miramos
ignorando a humanos
en desigualdad.

Usurpar no es bien
para ser hipócrita
y buen cristiano.

Rumbeando río
cual payasa que ríe
aunque en tragedia.

Rumbas y cueros
destruyen la amargura
de mi corazón.

Existe el amor
como el viejo del saco
que roba niños.

Compartir cuesta
y el egoísmo reina
con impunidad.

Traicionándome
paralizando ideas
en mi silencio.

Armada y en ley
con la protección tribal
de tres guerreros.

Mosheh Fruchter Kogan
Puerto Rico

BANCARROTA

Bueno, bonito
fue lo que nos vendieron
eran mentiras.

Añorábamos
ganar mucho dinero
nos engañaron.

Nunca lo vimos
se nos fue de las manos
sin disfrutarlo.

Carecíamos
las cosas esenciales
nos las quitaron.

Adelantamos
seguir con nuestra agenda
a toda costa.

Repetíamos
para no perder la voz
oídos sordos.

Rápidamente
escondían las cosas
para no darlas.

Otros sabían
lo que sucedería
y no decían.

Tardamos mucho
se nos hizo muy tarde
nos estancamos.

Ahora mismo
es el mejor momento
de hacer algo.

Grecia Vázquez Chávez
México

LATINOAMÉRICA

Late el seno
en sus llanuras altas
montaña ciega.

Azules campos
guayabas y huapangos
derritiéndose.

Todo se mueve
fantasma de Comala
entre las flores.

Iluso sé que
la guerra tiene cara
equivocada.

No son los peces
ni la breve gravedad
son las raíces.

Océano luz
de tu agua vivimos
acorazados.

Aquí, ¿en dónde?
seguimos respirando
automáticos.

Mares colapsan
ríos desbocándose
todo de piedra.

Estamos sordos
nos faltaba la risa
en la consciencia.

Ríe, ríe más
todavía se siente
la piel mestiza.

Izo la mente
y el quetzal me habla
de su plumaje.

"¡Con razón!" pienso
al mirar la ventana
algo espera.

Algo de-sierto
hay en el océano
de la soledad.

María Pedraza
Estados Unidos

TEMBLOR

Tiembla mi isla
se escuchaban gritos
la gente corría.

Estremeció más
todos sintieron miedo
muy aterrados.

Murria, lamentos
desespero, confusión
abatimiento.

Belleza muerta
todo pasó después que
María arrasó.

Los niños lloran
la tierra se agrietó
todo destrozó.

Oraron mucho
renace Puerto Rico
que vuelva la paz.

Resilientes son
orgullosos boricuas
mil bendiciones.

Ricardo Calderón Gutiérrez

Estados Unidos

GATO

Grandioso el día
en que nos conocimos.
Soy feliz al fin.

Amigo tuyo
seré eternamente
si tú lo quieres.

Tú, un felino.
Yo, un humano. Nada
sobrenatural.

Otro buscará
tu amistad cada día.
Mira bien quién es.

Blanca S. Padilla de Otero
Estados Unidos

GRATITUD

Gracias, repito
al silencio del alma
dentro de mi ser.

Revivo mi fe
olvidada en sombras
de mucho dolor.

Abro mi mente
quitando el cerrojo
de mi corazón.

Toda situación
es capullo de rosa
en evolución.

Inquieta busco
intervención divina
para entender.

Truena el cielo
reconozco respuesta
majestuosa voz.

Única fuente
de gratitud perenne
sin interrupción.

Dominio mental
energía, luz, bondad.
Agradecida.

Dorothée León Cadenillas
Alemania

VIVIR SIN FRENOS

¡Vida es fiesta!
¡Adelante, locura
plenitud, pasión!

Inagotables
son las ganas de volar
sin ataduras.

¡Viento fogoso
espanta los demonios
de nuestra prisión!

Incontenibles
energías brotan y
el mundo mueven.

Risas rebeldes
arrancan de raíz la
monotonía.

Saltan chispas, la
alegría de vida
abate vallas.

Infinito e
indomesticable el
canto de vida.

No nos dejamos
cautivar ni de miedos
ni de cenizas.

Fuera con todas
herencias frías de un
tiempo de dolor.

Recorrimos los
espacios abiertos a
la puerta del ser.

Éxtasis llena
desiertos de soledad
jaulas de oro.

Noche y día
con cuerpos enlazados
bailamos al son.

¡Orgías, ardor!
¡Carnaval para siempre!
Frenesí cura.

Soltando riendas
nos rendimos al amor.
¡Vida es fiesta!

María Antonieta Elvira-Valdés
España / Venezuela

MÚSICA

Maravilla de
la humanidad, fiel *son*
y melodía.

Unión perfecta
de sonidos, silencios
notas y ritmos.

Sentires graves
agudos; pasión con voz
y armonía.

Idioma mundial
lenguaje del amor sin
hilo traductor.

Corcheas bailan
en partituras: forma
y contenido.

Arte y musas
del oído caricias
alma inmortal.

Maritza Nuez Díaz

Estados Unidos / Cuba

MEMORIA

Mientras te pienso
el ruido de mis ojos
son dos riachuelos.

Es tanto amor
la única respuesta
a mis pesares.

Muy a menudo
la tarde entristece
desesperada.

Orlas dejaste
pinturas y grabados
sobre la mesa.

Recordaremos
silencios infinitos
su despedida.

Inigualable
el tiempo nos destroza
nos aniquila.

A la memoria
le duele la paciencia
en la distancia.

Wandysel Torres Galán
Estados Unidos

BASTA

Basta de gritos
descontroláNNNNdote me
hieres el alma.

Acobardado
amenazas con dar fin
al amor que doy.

Suelto el miedo
levanto mi cabeza
declaro un sí.

Tardas en mirar
difícil es entender
que me libero.

Alzo mi voz y
maldigo tu mal amor;
me pertenezco.

Rosario Díaz Ramírez
Perú

NINO ELEFANTE

Nace pequeño
con las orejas largas
es muy risueño.

Imagina ir
lleno de colores a
jugar pelotas.

Nino de sueños
valeroso y dulce
de cuatro patas.

Olfato veloz
y con su trompa larga
es plomo plata.

Es tan hermoso
luce radiante bello
con sus colmillos.

La luna canta
brilla lo ve tan feliz
en sus destellos.

En la oscuridad
duerme como un bebé
robusto gordo.

Fabuloso es
en paz el amanecer
de ríos bañan.

Aparece hoy
solito caminando
en el camino.

Nada en agua
y con lindos ojitos
mira de lejos.

Todo es abril
de encanto mágico
verlo olerlo.

Elefante es
el mejor amigo del
mundo para mí.

Santiago Ernesto Müller
Argentina

DOLOR

Desde su norte
trajeron los inviernos
aquel verano.

Oscurecida
el alma por el odio
con sed de sangre.

Legó esa guerra
un cielo sin estrellas
y sueños muertos.

Ojos desiertos
izaron a la nada
como un emblema.

Resulta extraña
sobre mi amada tierra
esa bandera.

Federico Jiménez
México

VIAJE

Ver en silencio
que la noche camina
lejos del sueño.

Ir hacia nada
levantando al aire
la canción del sur.

Andar sin rumbo
en el siglo de la luz
como un pez en sal.

Jugar sin remos
en el mar de la noche
y su cruel vaivén.

Escapar veloz
a la red de palabras:
lenguaje vivo.

Mary Ely Marrero-Pérez
Puerto Rico

BESO DE MIEL

Beso la miel
que te hace mi poeta,
mi amante en vela.

Emigro dulce
de la hiel de los hombres
en tus poemas.

Salivo en versos
que para mí declamas
entre susurros.

Ondeo musas
que dedicas a mi alma
como bandera.

Descanso plácida
en esas sinalefas
que, en amor, unen.

Exilio penas,
suspiro, voy leyéndote,
te hago tan mío.

Mieles, metáforas,
besos a rima libre...
Todo se une.

Imaginarios,
símbolos y sinécdoques,
tú me regalas.

Eres juglar
y voceas las múltiples
venidas líricas.

Luego, tan lúdico,
confiesas que soy tuya
como poiesis.

Domingo Hernández Varona
Estados Unidos

RETORNO

Regresaré a
mi entrañable tierra
quizás un día.

Entornaré los
ojos en una calle
que llevo dentro.

Tentaré febril
dos lágrimas jinetes
de su montura.

Orquídeas de
mi jardín taciturno
que me esperan.

Registraron mi
nombre en el olvido;
soy un extraño.

No habrá puertas
que conozcan mis pasos;
pero soy éste.

Oculta aquí
en mi pecho te llevo;
tierra amada.

Rodolfo Payán Hernández

Estados Unidos / Cuba

ESPERA

Ella dilata
minutos en mis ojos
pero no llega.

Sola se queda
aún sigue añorando
me desespera.

Pierde el sueño
ojalá releyera
ella mi Haiku.

Esos mis deseos
que viajan en el viento
se los envío.

Roces y besos
reposan en su mente
yo la comprendo.

Amada fugaz
que espera respuesta
pero no llega.

Frank Lugo

Puerto Rico

SIGLEMAR

Simpleza breve
amalgama belleza
que nos conmueve.

Inicia el ritmo
ecos interminables
abrazándose.

Guarda medida
la ruta del recuerdo
en cruz y espada.

Libre acústica
germinando miradas
flecha al corazón.

Envías tiempos
en crisálidas tibias
encubándose.

Marcas las rutas
intercontinentales
y atardeceres.

Acompáñame
al Nínive profundo
de oportunidad.

Revives ostras
sin rodillas ni sueños
¡logras navegar!

Yolanda González
México

LUGARES

Lejos de casa
sigo caminos nuevos
en nueva tierra.

Urdir las metas.
Donar conocimientos
sueños perseguir.

Grandes deseos
de conocer, explorar
correlacionar.

Acogiéndome
un nuevo lugar-hogar
otra guarida.

Raíces surgen
con amor y bienestar
donde florezco.

Esparciéndome
en agradecimiento
por recibirme.

Semilla cae
en tierra fértil crece
con frutos nuevos.

Esmeralda García García
México

FEMINICIDIO

Feliz es vivir
despiertas y sonríes
al amanecer.

Eres la mujer
que siembra amor puro
día a día.

Madre e hija
construyen sueños propios
paso a paso.

Incautas salen
a sus diarias rutinas
tan optimistas.

No regresaste
indagan tu destino.
¡Desesperación!

Insomnio diario
silencio y angustia
con esperanza.

Cuerpo sin vida
anuncia noticiero
fin de espera.

Ilusamente
quebraron ilusiones
sin escrúpulos.

Dolor y muerte
¿quién juega con el alma
de inocentes?

Innumerables
los nombres de mujeres
asesinadas.

¡Ojalá mueras!
El que a hierro mata...
Feminicida.

Silvia Ruiz Moreno
Guatemala

CONEXIÓN

Conexión vida
con música y amor
buscó amigos.

Ósculo galán
a escondidas del sol
feliz su rostro.

Nunca se marcha
marcando al corazón
como promesa.

Estampa pulcra
dibuja en su boca
melón sonrisa.

Xelajú de sal
con azúcar y nata
en el corazón.

Inmaculado
no es rompecabeza
pero se caza.

Oh, divino es
como la rosa roja
esplendorosa.

No es vanidad
amar y ser amado
es felicidad.

Susana Illera Martínez
Estados Unidos

CAMALEÓN

Cambiaste, sutil
triste aroma tibio
tus mil colores.

Amalgama gris
de mis viejos pesares
(o de los nuevos).

Metamórfico
recorriste mi alma
y la vaciaste.

Alteras, simple
verso que ya no sabe
al ruin olvido.

Locura y paz
en mi mente grabadas
con la soledad.

Espeso rumor
de las aguas que viertes
sobre mis poros.

Opacos gritos
de tu garganta muda
y transparente.

Neutro, te quedas
pigmentando mi vida
descolorida.

Raúl Oscar D'Alessandro
Argentina

REDENCIÓN

Rezo con pasión
y se eleva mi fe
hacia tu trono.

Es señal de luz
esa mano en lo alto
que debo tomar.

Dios, a ti confío
los secretos más hondos
de mi existir.

Entono mi voz
con reverencia santa
en alabanza.

No tengo temor
sostenido en brazos
de tu protección.

Claro tu cielo
en perfecta santidad
aguarda por mí.

Infinito Dios
salvador de mi alma
que ha pecado.

Oye mi clamor
que suplica la gracia
de tu redención.

No podría vivir
sin tener la redención
de tu cruz por mí.

Gabriela Cárdenas
Ecuador

PANDEMIA

Penas sin rostro
atadas al silencio
de días sin fin.

Almas sin cuerpo
incontenible furia
esparciéndose.

Naturaleza
muerta, desplegándose
en el vacío.

Demonios nuevos
rondando eternamente
libres, lúgubres.

Espíritus sin
salida, sin entierro
en plano eterno.

Mentes perversas
creadas por el miedo
a su olvido.

Intensas huellas
talladas en la carne
la piel dormida...

¡Alza los brazos!
¡Despierta! ¡Despréndete!
¡Vuelve a vivir!

Héctor Silva

Venezuela

BREVEDAD

Brisa canora
mi alma enamora
historia sin fin.

Rocío fugaz
barco a la deriva
dime dónde vas.

Etéreo soñar
en un breve instante
eres ilusión.

Vienes o te vas
libre como el viento
no te vi pasar.

Esquela sin voz
apuras mi olvido
no sé qué decir.

Diario exiguo
alimentas mis dudas
al verte marchar.

Arrullo sutil
armoniza mi alma
antes de partir.

Despierta mi piel
y en sublime canto
dime que te vas.

Silvia Alicia Balbuena

Argentina

LLOVIZNA

Llovizna mansa
gotas sin estrépito
cortina sutil.

Llevas esencias
ennobleces la tierra
portas nostalgias.

Oropel añil
con febril insistencia
mojas las calmas.

Vientos y brisas
desangran tu caída
sobre las flores.

Ilusión grácil:
translúcida pureza
entre follajes.

Zumbidos, piares
se mezclan y difunden
en tus urdimbres.

Náufragas cuentas
—vanidad transparente—
engarzas la luz.

Arpegio mudo
me envuelves tenaz en
cien soledades.

Noemí Rubiano
Argentina

LLUVIA

Llueve muy fuerte
el espacio resurge
en esta tarde.

La lluvia entona
en el celeste cielo
llega el verano.

Un nuevo ciclo
asfixiante calor
corta mutismo.

Vuelan las aves
perfumando sus plumas
con petricor.

Instante grato
las gotas con el viento
juegan contentas.

Amada lluvia
postrada te suplico
tu bendición.

Cecilia Ríos Macías

México

MI VIDA SIN TI

Mañanas tristes
extraño tu presencia
difícil sentir.

Imaginarte
creer que fue un sueño
que regresarás.

Volver a verte
sentir tu suave piel
y tu esencia.

Increíbles días
llenos de felicidad
pasé contigo.

Deseo verte
y la siguiente vida
estar contigo.

Antes de irte
fuiste muy valiente y
lo diste todo.

Se ve presente
tristeza en mis ojos
mar de lágrimas.

Ilumíname
muéstrame el camino
seguir tus pasos.

No me olvides
llevaré tu recuerdo
en mi interior.

Todos los días
cuando miro al cielo
pienso en ti.

Instante de luz
revivo tu partida
dolor eterno.

María Teresa Machado
Puerto Rico

DESPEDIDA

Decir adiós.
Encarar este día
sin tu voz, sin ti.

Es el destino.
Sin embargo, la lluvia
no borra tu luz.

Siempre estarás
abrigando la noche
oscura sin ti.

Puedo escribir
el dolor que se asienta
como una piedra.

En la palabra
el peso se disuelve
en un instante.

Duna sin peso
difuminada vida
entre las sílabas.

Isla, naufragio
poema que me salva
de la deriva.

Duele la pérdida
del abrazo materno.
Refugio eterno.

Al imaginar
tu caricia, perduras
ante el silencio.

María Zully Bautista
Uruguay

OTOÑO

Oros intensos
en remolinos danzan
por las alturas.

Tejen un manto
crujientes hojas secas
a tus pisadas.

Ocres en gamas
dejan en la mirada
el sol de ocaso.

Ñuto dorado
retorna a tierra fértil
altos nutrientes.

Otoño en ronda
con música y colores
canta a natura.

Orlando Pérez Manassero

Argentina

LA MÚSICA

Latente arte...
En las tardes más grises
lo siento volver.

Años felices
de los tiempos lejanos
de mi juventud.

Música; notas
pentagramas, bemoles
y claves de sol.

Un tango, un vals
que mis ágiles dedos
solían lograr.

Sonidos bellos
apagándose fueron
por algo trivial.

Intensos años
familia y trabajo
rutinas, vejez.

Crispadas manos
temblorosos mis dedos
no responden más.

Añoro tocar
en las tardes más grises
un tango y un vals.

Encarnación Moreno Martínez
España

MAR

Mar en quietud.
El juego de un delfín
rompe el silencio.

Anochecer...
Apenas se vislumbra
la estela blanca.

Relampaguea.
Se avecina tormenta
atrás, la calma.

Pedro Zubiaurre
España

SUEÑO

Silencio esencial
materia de la Nada
sitio al sur del Ser.

Universo azul
donde prospera la flor
de la esperanza.

Eterno guardián
de ilusiones que esperan
ser encarnadas.

Ñora etérea
que a los días da un sabor
incontestable.

Ojalá fuera
la vida solo sueño
nunca despertar.

Agustín Ramírez Ibarra
México

SIGLEMA

Sublime majo
polifonía vocal
versa afable.

Íntima versa
sílabas hermanadas
métrica triada.

Grafía axioma
síncopa fonética
acorde tonal.

Lírica propia
matices poéticos
trova mítica.

Encanto toral
sinalefa liberal
benigna letra.

Mar poético
remanso literario
esencia oral.

Amo la versa
idílico poema
épica ritual.

Marimar Méndez Echevarría

Puerto Rico

TÚ

Te desvaneces
ya no habitas ahí
desapareces.

Una memoria
vive más que tu cuerpo
que no respira.

Diana Lee Díaz Guzmán

Puerto Rico

DIANA

Dilo sin pensar
dilo sin pensamientos
como caminar.

Imagínate
en el ser de tus sueños
donde todo es.

Abre tus alas
y comienza a volar
siente el viento.

Nada en el mar
junto con esperanzas
y alegría.

Ahora, sé tú
ya viene lo amado
a abrazarte.

J. Jesús García Rincón
México

CÁNCER

Capataz servil
mortalidad del mundo
tan inclemente.

Agazapado
en el sutil torrente
de mi hermano.

Negativo sí
homicida y falaz
irreverente.

Carcinoma vil
la escabechina cruel
condescendiente.

Enojado voy
por tu infame sino
determinante.

Repugnante sí
desorbitante, así
tan recastrante.

César Talledo Saavedra
Perú

ESPERANZA

El cielo claro
la mañana plácida
dulce suspiro.

Siembra de sueños
horas de libre verdor
manto sagrado.

Pálpito febril
su entorno bendice
goce del alma.

Estela de luz
sus colores se encienden
bellos seducen.

Rostro risueño
voces de ambrosía
las aves cantan.

Albricias al sol
solidaria sociedad
tierno su canto.

Niebla de placer
el florecer del sentir
casto su llanto.

Zaguán de amor
caricias en la tarde
un mundo feliz.

Aliento de paz
dicha y tierno verso
hecha poesía.

Iván Parro Fernández

España

SOLIDARIDAD

Sentir la vida
cuando sonríe un niño
al verlo jugar.

Observar todo
con mirada inocente
y ojos libres.

Llegar al alma
de muchos corazones
que aún buscan.

Intentar soñar
aunque no tengas fuerza
ni esperanza.

Darlo hoy todo
porque mañana es tarde
para hacerlo.

Amar al mundo
como una gran familia
a nuestro lado.

Recibir tu luz
como una noble guía
en la oscuridad.

Iluminarnos
en el duro camino
de la libertad.

Descubrir llaves
que abran corazones
hacia el amor.

Apostar mucho
por otro mundo mejor
y más humano.

Dedicar tiempo
a encontrar palabras
de vida y de paz.

María Elena Salinas
Puerto Rico / España

SOY

Seda planchada
resbala por mi cuerpo
fresca y suave.

Ociosa, libre.
Invisible y feliz
avanzo firme.

Ya veo el sol.
La nueva vida llegó.
Voy a revivir.

Aida L. Díaz Díaz
Puerto Rico

TRISTEZA

Te fuiste así
dejando mi alma sola.
Inconsolable.

Risas, recuerdos
calmadas sus miradas.
Madre, mi amor.

Incomprensible.
Lucha inmediata, vil
cuerpo indefenso.

Susurro y vida
te faltaba el aire
a mí, ilusión.

Tiempo efímero
languidez inmediata.
Debilidad.

Eras mi aire
pureza, libertad.
Totalidad.

Zurcir el alma
calmando el dolor.
Desfallecer.

Adiós, mi luz
centinela de sueños.
Alma y verdad.

Ana María Mayta Sakamoto
Perú

SAKURA

Suaves colores
ya tapizan el verdor
¡es primavera!

Abren las flores
esplendor blanco rosa
por todas partes.

Kilómetros de
caminos, parques, plazas
visten de rosa.

Únicos diez días
que Japón se engalana
con su hermosura.

Rosa pálido
el color de sus flores
tan delicadas.

Acaba vuestra
fugaz belleza en suave
lluvia de flores.

Esthela García Macías
Ecuador

FINITUD

Fingen las nubes
cuando alguien las mira
que son de algodón.

Ilusa vida
de quien es mariposa
bajo la lluvia.

Nacen las flores
en los prados con luna
y mueren después.

Imagen de paz
en la hoz de la abuela
que siega la mies.

Tiempo de bruma
que se esfuma en la luz
de los caminos.

Une el caracol
su camino de estrellas
con un picaflor.

Duerme el silencio
en una gota de miel
que sabe a final.

Aída López Sosa
México

PLEGARIA AL UNIVERSO

Pienso el origen
divino propósito
la raza humana.

La felicidad
en el edén sagrado
resplandecía.

El sol brillante
arropaba la tierra
en días fríos.

Gozo armonioso
escuchábanse trinos
en los manzanos.

Algarabía
los ángeles danzaban
sin pena y dolor.

Risueños días
realidad escondida
falaz sosiego.

Inmersos siempre
sin contar horas y días
se iba la vida.

Algunas veces
rezamos al vacío
callaba el cielo.

Algo hicimos mal
reclama el universo
respeto humano.

Luchas y guerras
envilecen conciencias
sangran mortajas.

Ungidas almas
unámonos en gracia
antes del final.

Nobles humanos
alejemos la maldad
la paz aguarda.

Imploro salud
no más ojos lluviosos
por fallecidos.

Versos y flores
con alegría y gozo
humilde ofrezco.

Esperanza y fe
quizá del fin nos salven
a tiempo estamos.

Rezos y cantos
plegaria al universo
un mundo nuevo.

Si nos unimos
y comulgamos en paz
el cielo escucha.

Oremos diario
serenos y confiados
que seguiremos.

Ricardo Arasil
Uruguay

LIBRO

La libertad
vive tapas adentro
de todo libro.

Irradia luces
que han de aclarar el rumbo
para tu vida.

Brinda opiniones
conocimientos y hace
latir cerebros.

Refunda ideas
coloreando de vida
los sentimientos.

Obra que enseña
cuánto tienen sus dichos
de fundamento.

Gustavo Gorriarán
Argentina

UNIVERSO

Unamos manos
y ensayemos todos
un simple rezo.

Necesitamos
sumar todas las voces
los pensamientos.

Imaginarlo
grandioso e intenso
como el acero.

Volar al cielo
y cruzar las tormentas
e impedimentos.

Erguirnos firmes
a toda injusticia
de los violentos.

Resistiremos
engaños y malicia
en todo tiempo.

Seremos libres
pongámonos hermanos
en movimiento.

Oigan los truenos
que están anunciando
es el momento.

Celinette Moyet Vargas
Puerto Rico

CARINA

¿Cómo es real
esto que siento cuando
te imagino?

A veces suelo
palpar con la punta de
mis dedos la luz.

Risueña en mis
brazos, acumulas la
luz en tus ojos.

Ideándote
mis tripas comienzan a
hacerte casa.

No te tengo en
mis entrañas, pero te
siento reclamar.

Alguna tonta
caricia de anhelo
hay en mi panza.

Elba Morales Valdés
Puerto Rico

NI UNA MÁS

No es sencillo
entender la violencia
hacia la mujer.

Inquieta cómo
de rebosar bondades
surge lo atroz.

Un misógino
con el alma oscura
queriendo control.

No dejarla ser
colmarla de insultos
y de vejación.

Acechos sin par
celos y agresiones
intimidación.

Muestra tu verdad
pruebas indubitables
de tu agresor.

Ánimo mujer
vístete de dominio
rendirte jamás.

Sola no estás
mereces ser amada
libre y en paz.

Cristina Godoy
Estados Unidos

SOLA

Solo en sueños
profundos encuentro paz
vuelvo a vivir.

Olvido todo
y es la esperanza
quien me consuela.

Los pensamientos
y las tristezas vendrán
con la luz del día.

Angustias y más
con todas mis lágrimas
y mi soledad.

María Isabel Padilla González
México

MUJER

Maravillosa
admirable obra que eres
desde que naces.

Unida a ti
la belleza se encuentra
gran alma pura.

Joya es tu vida;
los avaros la anhelan:
lucha por ella.

Eres pasión;
ante el cristal modelas:
rostro inocente.

Rompes barreras
no te quedas callada
así es ahora.

Benjamín Milano

Estados Unidos

PAZ

Puerto del trópico
ágiles aves hurgan
en tu reposo.

Anclan sus penas
en cercenadas nubes
crepusculares.

Zumba su arrullo
la seductora brisa
sobre tus olas.

Patricia Díaz Ramírez
Perú

TRUENOS

Todos y siempre
llenos de fuegos rojos
lenguas feroces.

Rayos infierno
contemplo muy perpleja
en grandes sustos.

Unos en casa
ya pasan por mi techo
todos miramos.

En la vecindad
nos preguntamos tristes
todos cansados.

Nosotros juntos
oramos de la mano
tanto sonido.

Orbe a solas
entre la oscuridad
va el gran trueno.

Sólo espero
que no se queme nada
ni gato negro.

Aury Beltrán Colón
Puerto Rico

HOY

Hace tiempo vi
que el reloj avanza.
El cambio llegó.

¡Oh, prisa loca!
Confundes, estresando
y competimos.

Ya no hay quietud.
Me faltan mis amigos...
Pero lo acepto.

Joshua Serrano Maclara
Puerto Rico

EL SASTRE

Estracijados
quedaron los dos trazos
de telas quietas.

Largas horas yo
enhebrando mi vida
zurciendo parches.

Sastre, ¿qué piensas?
piensas y no haces, mas
no coses, hilas...

Arraigar voces
aguja en retazos
alma raída.

Seda tan tersa
patrones invisibles
hilos que no veo.

Telar confuso
refugia mi todo, ¿no?
corazón, ¿coses?

Resarcir piezas
labor del triste sastre
sin recompensa.

Enloquecer ya.
¿Hacer cortes precisos?
¿Zurciste vidas?

María del Pilar Reyes

Estados Unidos / Puerto Rico

EL BESO

Es tierno el besar.
Alivia algún deseo
dulce cual la miel.

Labios húmedos
ansiosos buscan de otros
su roce sentir.

Beber sedienta
de tu fuente quisiera
besando tu ser.

Esta ladrona
te habrá robado un beso
una que otra vez.

Sublime, íntimo
compartir entre amantes
que sellan su amor.

Ocultó Judas
traición, con ósculo vil
a Jesús vendió.

Baltazar Cordero Tamez
México

MUJER

Mi compañía
una vieja promesa
vigente aún.

Un sentimiento
compartido en el altar
reforzándose.

Juntos por siempre
de la mano y ante el mal
viéndolo pasar.

En la emergencia
las oraciones fluyen
venciendo van.

Roza la muerte
pero las esperanzas
han de triunfar.

Yuray Tolentino Hevia
Cuba

AMOR

Al salir de ti
renacen las estrellas
bajo mis ojos.

Mis peces viajan
sobre tu océano
casi sin aire.

Olvido todo.
El camino de casa
son tus caricias.

Resucítame.
Mujer del oráculo
llamado amor.

Nanim Rekacz
Argentina

CUARENTENA

Cuatro paredes
cercenan ilusiones
aíslan miedos.

Una prisión
sin delito, sin juicio
y sin defensa.

Afuera hay virus:
invisible enemigo
acecha, ataca.

Razón invocan
para aplicar medidas
que nos restringen.

El temor sirve
para cerrar fronteras
prohibir abrazos.

Nuestros gobiernos
hacen negocios, lucran
oportunistas.

Todos los niños
extrañan plazas, playas
ir a la escuela.

En muchas mesas
el alimento escasea:
empresas cierran.

Nunca el planeta
sufrió global pandemia
tan impactante.

Ahora anhelamos
sobrevivir, vacunas
salud... Ser libres.

Josh Neves
Venezuela

<u>HOGAR</u>

Hastío; este
trabajo rutinario
lejos de casa.

Oigo el fin de mi
turno y mi cómodo
sofá de cuero.

Guiso cálido
que espera mi vuelta, mi
mente evoca.

A cada instante
más cerca, la distancia
siento efímera.

Regocijo en mi
regreso al saber que
tú abres la puerta.

Erleen Marshall Luigi
Puerto Rico

ENCAJADOS

En cajas quedan
recuerdos atrapados
en letras, fotos.

No se asoman
prisioneros del tiempo
que los ignora.

Conservan dentro
pesados encajes de
sus sentimientos.

Apalabrados
unos vibrantes, otros
desvanecidos.

Jaulas de cuitas
pasiones, alegrías
desilusiones.

Atisbamos y
enlazamos sucesos
entre retratos.

Detenidos en
negro y blanco, por un
instante viven.

Ojos abiertos
nos miran... Ya cerrados
están por siempre.

Sustraemos los
hijos, misterios de los
antepasados.

Rosalba Linares
Colombia / Venezuela

CARETAS

Cuando nos vemos
al espejo de algunos
sale el antifaz.

Aunque tú no ves
tu imagen como propia
por eso cambias.

Reflejas rostros
diferentes sin dolor
disfrazándote.

En malos ratos
donde gimes con risas
y así te ocultas.

Tu mirar triste
del gran peso agobiante
que descontrola.

Al alma herida
que tienes sin engaños
no quieres mostrar.

Sólo mirarás
la real, cuando quieras
verte por dentro.

Adalin Aldana Misath
Colombia

ELLA Y TÚ

En el silencio
de azules madrugadas
yacen cenizas.

La luz del rayo
jaspea tu silueta;
moja el estío.

Llega el verano
y con aquellos vientos
muere la yerba.

Alma de estío
sol de los vientos rotos.
arden mis sueños.

Y el campo llora:
esqueletos de piedras
claman tendidos.

Tiempo de luz
de poetas candentes;
crecen los verbos.

Único mar
con sus olas tan secas
se esconde en ti.

Sol Taína Ortiz Berríos
Puerto Rico

SOL

Soy energía
magna de la esencia
flor fotónica.

Oráculo, luz
fuente de vida en la
nada espacial.

La tierra gesta
y yo soplo vida en
in- y *-con-* ciencia.

Ana Delgado Ramos
Puerto Rico

ELLA Y YO

Eres valiosa
incomparable, bella
generosa, fiel.

Llamada vida
pulmón del Universo
indispensable.

La insaciable
jamás te cansas de dar
vida y amor.

A manos llenas
tus regalos recibo
humildemente.

Y yo te amo
mis versos te escribo
bendiciéndote.

Y a tu lado
vivo feliz, confiada
esperanzada.

Oigo tu voz
hablándome de cerca
Naturaleza...

Isabel Hermosillo Martínez
México

TIEMPO

Tic-tac tras tic-tac
fluye invariablemente
sin pausa alguna.

Incesante ardid
que pretende contener
día con día.

Estimulante
de todas ansiedades
tic-tac tras tic-tac.

Mas si respiro
encuentro la poesía
contengo el tiempo.

Pausas o cauces
arrugas o piel firme
vidas y muerte.

Observa ahora
al aliado o enemigo
¡destilándose!

Orlando Fernández

Estados Unidos

LA COSTA

Larga la franja
donde la mar perdura
bajo la margen.

Acción lumbrera
desemboca en la costa
en acuarelas.

Calcios de rocas
distribuyen en dientes
la libre marea.

Océano ansioso
quiebra el murmullo del sol
con sus ventosas.

Salta la brisa
en el fuero crujiente
de enamorados.

Toda libertad
cerca del infinito
y el agua lunar.

Alcanzar la paz
en la mirada ciega
del peregrino.

Radamés Añez Coronel
Venezuela

MAREA

Maravillado
veo subir y bajar
el agua de mar.

Alto o bajo
pero en sincronía
cresta y valle.

Rayo a tierra
en el hogar primordial
¡truena tempestad!

El giro propio
vuelta y revolución
carrusel solar.

Anhelo viajar
cursar el plenilunio
la mar es volver.

Rafael Martínez Contreras
México

DEMOCRACIA

Dios del pueblo
instrumento de todos
nadie como tú.

Es tu esencia
lo que te legitima
pero abusan.

Muchos creemos
luchamos y velamos
eres libertad.

Oyes las voces
esas voces que claman
justicia social.

Creas, construyes
formas sociedades muy
muy perfectibles.

Rareza fuiste
en tiempos pasados
rareza eres.

Antes como antes
hoy como hoy, tú siempre
a la vanguardia.

Creciste mucho
dominas este mundo
toda tentación.

Instas al poder
camino, vehículo
legitimidad.

¡Ay de ti, pueblo!
Defiende tu tesoro
la democracia.

María Zamparelli
Puerto Rico

ESPEJO

Elegía del
Tiempo que no volverá.
Oblea mendaz.

Sahumerio de
recuerdos sobre mi faz.
Dime la verdad.

Pensativo, no
respondes al reclamo.
Alicia se va.

Eflorescencia
de lágrimas pasadas
nublan mis ojos.

Jacaranda en
una tarde de parque.
No regresará.

Ojo de agua
dime si la nostalgia
sola se sana.

Antonio Manzano
Venezuela

LEJOS PERO JUNTOS

Lágrimas flotan
muy vivos sentimientos
hieren el alma.

Empuja hambre:
sin fronteras estamos
vamos, ¿quién sigue?

Joven o viejo:
sangre fría respiran
destino cruento.

Oriental Covid:
invencible pareces
¡te venceremos!

Sortaria lucha
dolores y temores
surgen por doquier.

País silente
ya no hay alegría
solos, inquietos.

Enormes retos
aparecen solitos.
Ángeles somos.

Raíces firmes
rectos y decididos
nos apoyamos.

Oír las voces
nos causan más tristezas
orar es hogar.

Juego macabro:
el que duda, se queda
hora humana.

Uno lo siente
las redes lo permiten
juntémonos ya.

Nuestro norte es:
mantenernos unidos
familia bella.

Tierra de Gracia:
respiramos tu nombre
¡bendita eres!

Obra Suprema
vivimos cada día
hermandad solar.

Sin ruidos, llegas
ayuda la Internet
seguimos juntos...

Susie Medina-Jirau
Puerto Rico

LUNA

Luna creciente
cauce de los caminos
para el rocío.

Una estrella
palpita fulgurante
frente a los astros.

Noches serenas
canto de ruiseñores
silbo del viento.

Ante la niebla
coquirmonía de luna
en mi alcoba.

Elba Gotay Morales
Puerto Rico

CARENCIA

Cuánta falta hay
¡No! Esto no es vivir...
Sobreviviendo.

Atesorando
momentos sola quedo...
Me falta tanto.

Rogando llegue
lo que necesito hoy...
Salud, trabajo...

Escribo hojas
para llenar vacíos
para revivir.

No vibra nada...
¿Dónde está mi vida?
Sin ella, nada.

Cuán difícil es
la vida sin dinero
sume sin salud.

Intolerante
ausencia que aprieta
y te devasta.

Añádale sin
amor... Entonces ¿qué es
vida sin vida?

Lizzie Nevárez de Jesús
Puerto Rico

AMANECE

Ahora se ve
amanecer el día
por brillar el Sol.

Mañana es ya
y hay que aprovechar
en el presente.

¿A quién buscamos?
El día nos deja ver
y encontramos.

Nadie dice no
para ser un apoyo
y liberarse.

Espejo claro
que halla la imagen
empoderada.

Canta la vida
con nuevos propósitos
que se realizan.

Ella lo logra
también todas nosotras
hallar un sueño.

Noemí Serratos Hernández

México

INSOMNIO

Insolente es
inoportuno también.
Frustra la mente.

Nadan recuerdos
en lagunas mentales
causan ansiedad.

Sintiendo estrés
arritmia cardíaca
la cama cala.

Ojos abiertos
lastiman por no dormir
cuerpo cansado.

Manos sudando
entre sábanas giro
pienso gritar.

No hay consuelo
arañando el colchón
saco la tensión.

Intencionando
sentimientos habidos
a transformarse.

Obtener calma
la misión de la noche:
párpados cerrar.

Alejandra Viscaino Naranjo

Ecuador

SOLEDAD

Siempre escucho
tu llanto desmembrador
en mis latidos.

Ojalá mueras
antes de que me pudras
en mi vasija.

Lúgubre alma
libera a los muertos
que vagan en mí.

¿Es el silencio
el bozal de mi dolor
las alas rotas?

Daga impía
mi pecado fue confiar
en mi verdugo.

Ahora temo
no volver a renacer
del cerril fango.

¿Dónde estamos?
Responde vil tristeza
ya no me veo.

Federico Jagenberg

Venezuela

MAR

Mecen tus olas
los sueños más felices
de este pescador.

Amanecer hoy
mirando el horizonte
es mi descanso.

Rompen las olas
en la orilla dorada
de tu resplandor.

Jennifer Minyete
Venezuela

VIAJERA

Vengo de lejos
después de mucho tiempo
deambulando.

Idas y vueltas
por muchas dimensiones
y por galaxias.

Antes de llegar
ya estoy planificando
dónde ir después.

Juro que jamás
me he sentido más libre
que en el recorrer.

En mi mochila
llevo todas mis cosas
llevo mis sueños.

Reír y cantar
en distintos países
y continentes.

Amo mi vida
y amo el camino
que me trajo aquí.

Virginia Amado
Argentina

RÍO

Razón no falta
para pintar los cielos
y ser felices.

Íntegros pasos
acompañan la risa
son elíxires.

Ojos brillantes
mi luminosa calma
en el abrazo.

María Rentería Palafox
México

MUJER

Musa en espiral
de estaciones inciertas
silueta diurna.

Un as secreto
cobija luciérnagas
en mares verdes.

Júpiter te ve
tras nebulosas blancas
escondida luz.

El otoño fue
paso que no regresa
en hilos plata.

Romántica voz
marea de veraniega
cicatriz que cae.

Rafael Marín Rada
Estados Unidos

MAREA

Miramos su piel
crecer con impulso al
soltar amarras.

Aliento de sal
que trae en el cuerpo
triunfos del viento.

Rastro que viste
de calma las velas y
leva sus anclas.

Ese silencio
profundo, teje con luz
las gotas del mar.

Ala en vuelo...
Deja a su suerte, los
pétalos del sol.

Nora Cruz Roque
Puerto Rico

MUJER

Maravillosa
única especie es
divino ser.

Utópica en
resistencia a seguir
marginándose.

Juntas creando
mundo en la nueva era
de esperanza.

Escogida en
misión de crear la vida
sin pisotear.

Renacimiento
una nueva especie
quiere libertad.

Luis Vizcaya Sebastiani

Estados Unidos / Venezuela

EQUILIBRIO

En un despertar
amigo y dinero
esos no están.

Qué dolor te da
pues y a tu familia
no quieres dejar.

Uno decide
que ya al otro día
se ha ido ya.

Igual quieres es
tratar de avanzar y
cambias el juego.

Lo puedes notar
y rejuvenecida
el aura está.

Igual sabes que
el dinero no compra
la Felicidad.

Bien y ahora
es que estás más solo
que de lo normal.

Ríes, lloras y
al andar bien lejos
los extrañas más.

Ironías son
aunque lo tienes todo
te falta Mamá.

O es el amor
o lo material, toca
es una de dos.

Sara Rubí
Puerto Rico

CIANOSIS

Cielo nocturno
constelaciones magras
día inverso.

Isla maltrecha
hipoxia controlada
en su espacio.

Asfixia, aire
dedican huesos al mar
sin esperanza.

Nuestro destiempo
acaba en un hilo
en cada tregua.

Oxígeno, sí
simbólico, ausente
de las células.

Simbiosis rara
macabro silencio va
con la ausencia.

Invoco un dios
reflejo desgastante
de mi espejo.

Salto entera
la piel color de muerte
al universo.

María Mina Carvajal
Puerto Rico / Colombia

SOY

Soy fortaleza.
Soy agua cristalina.
Soy un ser de luz.

Opulencia soy.
Omnipotente es Dios.
¡Oh, es mi creador!

Yo soy lo que soy.
Yo soy polvo del cosmos.
Yo soy... ¡Libre soy!

Alina Canosa Delgado

España

CURVA

Curva del verso.
Amor, entras despacio
rompes la recta.

Umbral en la Voz
quitas fronteras al mar.
Yo vengo a verte.

¿Reímos? ¡Sí!
Donde guardan los soles
las nubes marchan.

Vientres y besos.
Cuando doblas las letras
los ritmos gimen.

¡Ama! ¡Cúrvate!
El poema es nuestro.
¡Desnúdalo ya!

Rosaura Tamayo Ochoa
México

PAZ

Para vivir
siempre sin duras guerras
paz, la palabra.

Amor, belleza
vivir en armonía
regla divina.

Zafarse no es
dejar la guerra fuera.
Hay que evitarla.

Carmen Chinea Rodríguez

España

ALEGRÍA

A pesar de mí
de mis monstruos, mis miedos
llegas y ríes.

Luz y disfrute
en medio del gran caos
te abres paso.

Emoción fugaz
albergan en mi pecho
destellos de paz.

Grito a veces
te busco impaciente
huyes entonces.

Regreso por fin
al gran mar de las calmas
agradecido.

Inmensa lucha
no siempre venceremos
a la aflicción.

Alimentarás
no obstante, las noches
de luz de luna.

Araceli Blanco Rubio
México

DUDA

Debo decidir
me asalta la duda y
no sé qué hacer.

Usar la razón
remedio infalible
para elegir.

Danza de ¿por qué?
¿cómo?, ¿cuándo? y ¿dónde?
todos los días.

Aclarar dudas
y tomar decisiones
para avanzar.

Honorio Agosto Ocasio
Puerto Rico

MAYAGÜEZ

Majestuosidad
resguardan tus montañas
valles y ríos.

Ante el mundo
despliegas elegancia
y educación.

Yace en tu ser
la hazaña heroica
de Urayoán.

Airosa pasa
la mítica Sultana
de mis amores.

Gracias a tu fe
¡Virgen de Candelaria!
por siempre serás.

Un paraíso
que Hostos enarboló
con toda moral.

Eres esencia
de las bellas Canarias
su gran querube.

Zarpe o llegue
nunca dejarás de ser
la más bella flor.

Edwin Torres Aponte
Puerto Rico

ORLANDO

Otro espacio
tiempo y más recuerdos
me arrepiento.

Rencor maldito
riquezas ausentadas
silencio, rabia.

Lloro y pienso
a pesar de los años
sin olvidarte.

Alma hermana
causante de mi dolor
rival a muerte.

Nostalgia, amor
peso de nuestra sangre
brazo cuidador.

Desconsolado
sin tu presencia en mí
hermano mayor.

Otoño verde
alcanzaste escapar
al fin venciste.

María Zamayoa Molina
México

RETO

Respiro tu voz
que llena de victoria
un sueño tenaz.

Eres mi reto
mi Jesús triunfal
que me hace ganar.

Tambor que danza
con poder infinito
desafiándome.

Ojalá venza
el solemne bloqueo
sin detenerme.

Carolina Barrón Pérez
México

SAL

Sabiduría
vienes del mar y te vas
dulce sensación.

Amiga sutil
eleva ya tus olas
tu calor dame.

Lejano dolor
convertido en amor
da luz perpetua.

Carmen Meléndez Torres

Puerto Rico

DESNUDO

Dibujo luces
que danzan con el viento.
Tocan tus labios.

Esa mirada
es tan avasallante
fuente del deseo.

Sagaz ladrón
robas toda mi calma
alma sedienta.

Navegaremos
las colinas y valles
sin hacer tregua.

Ungiendo la piel
abrazando el fuego.
Nos hace libres.

Descubriéndonos
quemando nuestros cuerpos
vital aliento.

Ovación dulce.
Un profundo suspiro.
Calma, el cielo.

María Moreno
España

CUENTO

Cuatro escalones
y llego hasta tu puerta.
Cuatro zancadas.

Una palabra
que me ronda hace tiempo
desesperada.

En siete mares
naufragó mi osadía.
Siete condenas.

Nueve pecados
tendidos en las sombras
de la conciencia.

Tres juramentos
que oculto tras los labios.
Tres ataduras.

Ocho maneras
de atravesar tu cuerpo
sin armadura.

Luis Paz González
México

SIGLEMA

Sigo las reglas
y aparece en mis manos
para retarme.

Imagino un pez
con escamas de fuego
que se adentra al mar.

Giro tras giro
en mi lengua callada
surge una frase.

La palabra *sol*
que todo lo ilumina
hasta abrasarlo.

Emerge entonces
de mis labios de tinta
la melodía.

Muto las formas
para escuchar su acorde
himno sin patria.

Al tiempo que el pez
se apaga en mi saliva
escucho su mar.

Rubén Portilla Barrera
Colombia

NUBES

Nubes viajeras
alfombras de los cielos
cortinas del sol.

Urracas negras
con sus llantos de lluvia
empapan la flor.

Besan los aires
y con el sol se funden
gotas de amor.

Engreídas nubes
las que en mis días tibios
mojan mi calor.

Sendas de nieve
las nubes son el polvo
de los pies de Dios.

Isaac Cazorla
Puerto Rico

COQUÍ

Canta el coquí
entre piedras húmedas
con voz cansada.

Otea lento
con miedo a las sequías
su horizonte.

¡Que llueva siempre!
Se dice sin palabras
como orando.

Un día sin canción
atraviesa Borinquen.
Rompe el coro.

Índice tonal
afinca su garganta
¡el coquí canta!

Yajaira Álvarez
Venezuela

ESTRELLA

Entera luz
paralizas el virus
resistes firme.

Soñadora eres
prendes el universo
perennemente.

Tierna, serena
caes en hoja abierta
alejas vértigos.

Rauda viajera
tu silencio habitual
separa dudas.

Entera risa
en la boca del niño
su primer grito.

Lejos estás
recordando al amigo
en tu ojo eterno.

Lumbre que barres
la voz del aire sucio
cantan tus aves.

Altor de mujer
guiños del alba trazan
humildes luchas.

Mayra Leticia Ortiz Padua
Puerto Rico

ROSTROS

Respirándote
me he llenado de ti
te pertenezco.

Oculto mi piel
mas no quiero sentirlo
caricias mustias.

Soy carne y hueso
de mirada oculta
llenas mis noches.

Tienen tus ojos
ese brillo eterno
eres tú mi luz.

Rastros de soles
de lunas y estrellas
soy tu recuerdo.

Omnipotente
atraviesas mi rostro
tierna mirada.

Suelto cadenas
me acerco a tu piel
somos solo uno.

John Puente de la Vega
Perú

IRA

Indigno sino
morir en la penumbra
y soledad.

Rabia y llanto
por todas las víctimas
que nos dejaron.

Amados seres
de plateados cabellos
ahora sin luz.

Adriana Preciado Amezcua

México

SILENCIO

Suspiro dentro
que evoca a la calma
quietas estamos.

Irresistible
jardines en refugio
ausencia de caos.

Lento el tiempo
descubro tu presencia
beso la calma.

Estamos aquí
meditación activa
en unión sutil.

Nubes en color
que despejan un cielo
respiro al fin.

Claridad mental
donde no falta nada
mutuo despertar.

Infinita paz
el todo en la nada
sin necesidad.

Ojos que hablan
labios que acarician
todo sucede.

Andrea Rodríguez Ley
Estados Unidos / México

CAFÉ

Con un gran sorbo
deslizas por el plexo
estimulación.

Albricias a ello
oscuro laberinto
provocas pasión.

Fuego preciso
con suspiros al tope
liquidas sueño.

Energía me das
intensa vehemencia
bendita adicción.

Noemy Amezcua Valdéz
México

DANZA

Dionisíaco día
la vida en movimiento
música sin fin.

Alma profunda
hermosa armonía
yo sentimientos.

No hay límites
sin fronteras ni trampas
siempre vibrando.

Zapatillas mías
libertad al alcance
vida alegre.

Ausencia de frío
compañera de vida
amor eterno.

Ricardo Ibarra González
México

RUEDA

Rotación falaz
del trayecto humano
que no tiene fin.

Une el ayer
con un largo abrazo
en confidencia.

Eterna gira
sin saber a dónde ir
o cuándo parar.

Deslizamiento
de masas inmóviles
desorientadas.

Al final todo
hacia el precipicio
cae sin retorno.

Gabriel Casellas
Argentina

INSOMNIO

Islas desiertas
en medio de la nada.
Sueño con el mar.

No soy capaz de
verte con tanta niebla.
¿Quizás te fuiste?

Solo. La lluvia
que cae de algún cielo
donde ya no estás.

Oigo las olas.
Es extraño: la lluvia
sigue cayendo.

Me dices que soy
la sombra que perdiste.
¿Es eso cierto?

Nácar, espejos
que reflejan tu rostro
entre las olas.

Instantes muertos
diluidos en el mar
de tu mirada.

¿Olvidas, tal vez,
que si algún día duermes
yo tendré insomnio?

Nadia Arce Mejía
México

CAFÉ

Cálido eres tú
a la boca me llevas
la felicidad.

Amo tu sabor
compartir este mundo
con los sentidos.

Ferviente y tuya
cada uno de tus soles
bien me seduce.

Eres y soy
nos disfrutamos así
de sabor cuerpo.

Brandon Alvizo Pérez
México

DANZA EN MÍ

Dos tiempos y yo
bailando en años luz
viejo viajero.

Aprendí viendo
emoción intangible
catarsis real.

Nos siguen tiempos
tocando ocho pasos
obra maestra.

Zapateando
sintiendo, expresando
fulgor intenso.

Acciones vastas
para demostrar mi ser
detengo vigor.

Error y sentir
todo acaba aquí
pasan los años.

Niego dejarte
es dopamina en mí
conexión pura.

Maravillado
emociones latentes
ondas volando.

Inquieto niño
descubriendo el amor
en uno mismo.

Flor Paz Huamán
Perú

MAR

Mar vasto, bravo
el bello atardecer
pinta sobre ti.

Arena, olas
cielo, estrellas, luna
brisa, ¡libertad!

Rock, aventura
surf, verano, fogata
amor, Tú y Yo.

Jonathan Zuno
México

NOCHE

Nada la apaga
hasta amanecer
la solitaria.

O eso parece
cuando el conejo asoma
y conmociona.

Como toda luz
siempre presente está
compañía da.

Hace divagar
en sus caminos mirar
su luz guiará.

En la mañana
apenas despedirnos
en horas vernos.

Ellos dijeron lo que querían decir.

Made in the USA
Coppell, TX
15 November 2021